山田航第二歌集

水に沈む羊

山田航

港の人

辺境

長歌 啄木遠景

バイパス・ラヴ

水に沈む羊

辺境

リンネノハテクション

祝福よすべてであれと病む肺のやうな卵をテーブルに置く

発車したバスがつくったさざ波は自分を水たまりと知らない

駅前のバスプールより見えてゐた塾数軒のまばらな光

カットモデルの髪型よりも右耳のでかいピアスが気になつてゐる

倉庫街にプレハブ建てのラーメン屋一軒ともりはじめる日暮れ

水《み》張田《はりだ》の面《も》を輝きはなだれゆき快速列車は空港へ向かふ

火に焙るマシュマロときに素晴らしい記憶に変はるかなしみもある

蹴り開く扉　フォーチュン・クッキーのおみくじを呑み込んで真冬へ

夢の氷河史

海を撃ちし男は若き兵である海を反逆者と思ひ込み

花と舟と重なりあひてみづうみを同じ速度で流れゆく見ゆ

〈失はれた十年〉は過ぎしきしまのやまとに止まぬPHANTOM PAIN

産道は光ファイバーとめどなく時代の未熟児が生まれ来る

運転手フロムフィリピン未明から未明へとすべりゆくタクシー

キャンプ場にかかる大きな翼竜の影だれひとり夜明けを待たず

いつか祖母が煮しめた蕗の味はひを思ひつつ読む長嶋有を

天使ごと巻き添へにして銃器庫の爆破三秒前の告白

瞳だけで笑つてゐたねカーテンに波打つ皺のやうだつた、こゑ

さらばわが夢の氷河史いづこにも続かぬ春の茜をおもへ

鉄塔の見える草原

街ごとに途切れ途切れのあをぞらが二羽のとんびを分け合つてゐる

果てなんてないといふこと何処までも続く車道にガストを臨む

白樺の姿勢ただしく終はりなき行軍のごとき防風林よ

晴れてゐても霧あるやうな往路にてカーラジオだけやたらとクリア

日系のヴォーカルが歌ふリンキンパーク　民族はつねに、つねに失語と

表紙だけ剝がれて無料求人誌びしよ濡れのまま路上に朽ちる

文庫本閉ぢて回送列車へと変はる予定の車両を降りる

はるかなるこころの薄日そこにある時の剝片のやうな木洩れ日

だだつ広い駅裏の野に立つこともないまま余剰として生きてゆく

死因不明の死体のやうに花を浴び火の粉を浴びて川へと急げ

また雨だ唾液まみれの言ひ訳ももう届かない場所に来てゐる

鉄塔の見える草原ぼくたちは始められないから終はれない

シーズンオフ

五月雨の夜の神社で見間違ふシーズンオフの社務所と車庫を

赤ずきんちゃんにメイクを施して立ち去るあれは資生堂員

インストア・ライブもろくに見ないまま人ごみに乗り季節の外へ

助手席で君はたびたび摘まみ読む坂口安吾の方の『白痴』を

メルルーサ乱獲の午後あをぞらの写真をのせたトレイを返す

明るみの残る夜空へ蹴り返す小石を誰も飛び越えられず

簡単に生きてみるのはもう止めにするるんだ風が唸る屋上

世界に告ぐ空を見ながらたそがれてあくびをするな顎を外すぞ

テナント

この駐車場で踊らう坊さんが墓地を潰して拡げた場所で
母に手を引かれ歩いた記憶あり地元に多いお店「テナント」

保留音　好きなバンドのヴォーカルがソロアルバムを出す日の夜更け

剝き出しの肩がかすかに上下するリズムいつかは羽撃くための

スカートならフードコートのゴミ箱にぜーんぶ捨てたなんて言ひ出す

身分くらゐ弁へてるよふかふかの椅子で落ち着けない僕たちは

台風が停止しずつと目の中にゐるやうにただ汗にまみれて

抱き合はう逃避のために階下には飛ぶ必要のないこどもたち

レギンスが膝まで捲れ上がりもう湿った嘘ぢやだめなんだらう？

オルゴール作りが君の母の趣味　君の名前は忘れたけれど

裾上げで余つたデニムまとめあげ海と題して作品とする

二度と会ふ必要なんて別にないけれど元気でゐてほしいひと

THE EDGE

棄てられた草原、そこに降り注ぐ星のひかりを愛さう、せめて

かつてここに棄民は居たり旋回をはじめし鳶の影の真下に

濾過されてゆくんだ僕ら目に見えぬ弾に全身射抜かれながら
かをりなき火に恋ひ焦がれ掌で確かめる文明の余熱を

ランジェリー頁そこのみ白人のモデルあらはれカタログは無料《タダ》

大根は天衣のごとく干されゐて水路は朝のひかりへ潜る

郷愁へ向かふあやふさ草原の蛙声、暴走族の爆音

まひるまの月のかたちに切り取られ少年院へと続く風景

社用車のながれゆくまま目の端に空きテナントを二、三捉へつ

ガソリンはタンク内部にさざなみをつくり僕らは海を知らない

きちきちのリチウム電池すきまなき思想家としてのグーテンベルク

外観は海の家だが〈サカキバラ板金工業〉住宅地にある

スタッフロール流れ始めてゆふやみの窓のごとくに液晶が灯る

ガリレオが投げたボールは今もまだ漂つてゐる誰も捕れずに

風上にあそぶ小鳥のうらうらとうしなふことにほこりはなくて
内出血のごとき光の尾を曳いて深夜を駆け抜けるパトライト
父にだつてあきらめたものがあつたらう古い花瓶にたんぽぽを挿す

アスファルトに椿ひとひら腐るころ公民館に落語家が来る

ブラキストン線をかもめは越えゆけり海とは果てでも切れ目でもない

へたくそなハムエッグほらぐちゃぐちゃとぼくらみたいに混じり合ふのさ

ほぐされず散る花はなく北欧のアンデルセンは平凡な姓

五百年のちの人類　流星の塵を処理する技術はなやか

周縁《ジ・エッヂ》は伸びゆき（下水、ゴミ、産廃）やがては海の向うの村へ

延長戦は続いてゆきます処理に次ぐ処理に倦む暇などありません

振り上げた鎌のかたちの半島の把手あたりにひかるまほろば

監獄と思ひをりしがシェルターであつたわが生《よ》のひと日ひと日は

ふるさとがゆりかごならばぼくらみな揺らされすぎて吐きそうになる

また塾ができたねこの街の夜はさながらこどもたちの王国

透明な空襲の朝きらめいて切り刻まれて硝子のこども

突風が殺す花々　人類は祝祭のごとくまどろみてゐる

ちはやふるイオマンテその紺青の深かりし夜に犬歯を舐めて

彩帆なるうつくしき名を持つ少女／サイパンといふうつくしき島

三日月の下のアレルヤことごとくカラスの巣材となる指輪たち

愚か者には見えない銃と軍服を持たされ僕ら戦場へ征く
走るしかないだらうこの国道がこの世のキリトリセンとわかれば

長歌

欧木遠景

わたつみに雪降りしきるくらがりをきみは見ている
かつてこの街に来たれり

青年と呼ぶには甘く、少年と呼ぶには鈍きその声を誰が思うか

港へと向かう足跡　翻るカーキのコート

言葉とは雪のようには融けぬもの

きみに幾度も投げつけた硝子の粒は今もまだ浮かびているや

しゃぼん玉　答えはなべてしゃぼん玉

帽子を押さえトンネルのごとき吹雪のその核へ歩みゆかんか

啄木よ　きみがどうして北の地へ渡って来たか
今ならば少しはわかる
首都でなく、あるいはふるさとでもなく、はぐれた鷲のような旅
港もそして半島も、絞めつけるような北風も
きみには道に見えていた
渋民の黒き土の道、東京の舗装された道、
それとは違う第三の道を、北へと続くこの白鳥翔ける空に見た

啄木　きみは本当は怖かったのだ
故郷から都へ続く大いなる道に呑み込まれることが
その眩しさに憧れるあまり光に溶けてゆくことに誰より怯えてた
きみが吐き散らした言葉
投げつけた硝子の屑のようなその言葉にぼくはばらばらに刻まれてゆく
ふるさとにしがみつくしかない男
見慣れた街で心だけ迷子になっている男

啄木　きみが怖いんだ
汚れた「北」の切れ端を毛布のように握りしめ、きみへと堕ちてゆくことが
啄木　きみに聴こえるか
聴こえるなんて嘘を言うな
慟哭　きみが憧れてそして恐れた物語

もうぼくらには届かない　もう聴こえない物語
吐きたい　もっと瓦礫へと帰るしかない言葉だけ
踏みにじられる言葉だけ撒き散らしたい
しゃぼん玉　答えはなべてしゃぼん玉
どんな言葉をかけようとすぐに弾けて消えてゆく
しゃぼん玉　きみの背中はしゃぼん玉
恐れることは憧れることと同じと気付くまで
漂い続けているしゃぼん玉

反歌
燃えかすと化した真珠のぼた山を崩してみんなふるさとに居る

バイパス・ラヴ

青空依存症

煙る街に傘をひらけば雨音の強さは肌が思ふ以上に

改札をくぐるときのみ恋人はほぐれけり春の花びらのごと

ちりぢりに歩いていくよしろがねの旅のくぢらに手を振りながら

投げ置きしヘッドフォンより漏れいづる音の小ささ、ではなく遠さ

ジャングルジムにもたれかかれば天空へ向かひて降り積もる雲の見ゆ

月の夜のビルの上より降り注ぐ恋人たちの中絶費用

しやんでりあしやんしやんでりあ降る雪を仰いできみは軽くまはつた

つきかげの鱗さざめく夜といふ領地は誰の逃げ場所なのか

ペディキュアがゆらめく浅く湯を張ったバスタブに散らすコスモスの花

アイム・ノット・ザ・マン

絡みゆく舌にピアスの鉄の味じわりと夢はまだらの鎖

ジェシーとの話ならもう聞き飽きたペプシコーラの銀の水滴

縋るやうに抱けばおまへの身体ごと煙草の苦い味がしてゐる
「変な場所に青いタトゥーをしてるのはそこを散々殴られたからか？」
イソジンの漆黒の泡くらがりのなか影のみが弾けるダンス

蛇になる前の両腕いはばしる薄いベッドになだれうつほどの
からみあふことでかたちになるものを僕らは求めそして壊れた
どろどろの台風が来るいつかまたこのカーテンを二人で裂かう

コインランドリー八景

乾きたての生ぬるい熱それを維持するためだけに抱き合った日々

貝殻がドラム内部で粉々でこの国道は海へと続く

昭和製のコイン入れれば震へ出す真夏を回りつくすさざなみ

絡み合ふ、ねじれる、上が下になる　ここは僕らの暮らしの要約《サマリー》

梅雨寒の午前二時まへ酔客の忘れていつたラーク吸ふ不味い

回転数が落ちればやがて見えてくる迷子のままの君の世界が

ちかちかと光る照明ここほどに水に閉ざされた空き箱はない

早回しの時計のやうに乾燥機はまはる僕らはただ老いてゆく

ふたりぼっちの明日へ

食パンの耳の額縁そのなかに少し呆れた顔のモナ・リザ

俺はまだ雨の獣だ振り返ることを忘れるほどの耳鳴り

ゴルフ打ちつぱなしの網に桃色の朝雲かかるニュータウン6：00

「生めない」と「生ませられない」天秤の傾ぎばかりを観測されて

ずぶ濡れの散光星雲たたへたるそのまなざしが生む星の稚魚

舞ひ上がるフリーペーパー　街路樹に街は対称形を崩して
きみはそれを雨に喩へたまばたきのすきまを絶え間なく落ちる声
ほぼ同じ速さで午後の公園を並走しをり蝶とシャボンが

私は別に構はないよと轟音に消されるやうに呟く、わざと

葡萄色の産科医院へ告げに行くずつとふたりで生きてゆくこと

ためらひがフォルティッシモで鳴るときに吊り革少しだけ揺れてゐた

てのひらが白く汚れることだけを確かめこんな泣きたい自慰が
病院の経費で落ちたエロ本をめくる。めくるんだが勃たねえよ
をだまきの内側にある花弁だけちぎるくらゐの悪意を許す

無精卵といふ語が責めてゐるものは君なのか俺なのか夕映え

「恋人のやうな夫婦」と言はれては仲良く笑顔ひきつらせてる

番号のない心臓を鷲掴みしながら走る夜が明けるまで

ただ白いだけの液体つくりだす俺のからだを抱くんだきみは

電灯をつけよう参加することがきっと夜景の意義なんだから

強く手を握れば握るだけふたり残せるもののない愛の日々

つまづいた俺の手をとり引き上げて世界はふたりぼっちの明日へ

雫にすら成れずじまひのお前への挽歌を書かう夜を徹して

水に流し羊

水槽

水に沈む羊のあをきまなざしよ散るな　まだ、まだ水面ぢやない

屋上から臨む夕映え学校は青いばかりの底なしプール

便器の底の水の向かうにしらじらと顔を蹴られてゐる僕がゐた

大福のやうにも見えてもう四歩すすめば小鳥の骸《むくろ》とわかる

破られて毛羽立つノート僕はまだ詩を知らざりしゆゑに悔やまず

銃口として足元に影はあり増しゆく夢の鉛の比重

あいつらの言葉は鼠となり僕の血管を這ひ回る朝まで

鉄製の蜘蛛の巣が門に絡みつき昼をぢやりぢやり鳴り止まぬまま

嘲りの共同体はアイロンのやうな熱さで「コイツ、シヤベルゼ」

針金は撓み校舎のそここここを喰ひ破り陽をただ陽をめざす

この叫びも喚きもすべて泡となりpを重ねて弱められてく

ピアスとは浮力を殺すため垂らす錘《おもり》だれもが水槽の中

空洞は蹴り飛ばせない空洞のかはりに蹴つた空き缶の音

はみ出すことを弱さに変へて僕は僕を欺くために眠るしかない
溺れても死なないみづだ幼さが凶器に変はる空間もある

球根

球根の根が伸びてゆく真四角の教室にそれぞれの机に

沈みゆく僕の身体をさする根はやさしいやさしいにせものの指

周遊する肺魚のやうにぬらぬらと試験監督きびすを返す

ぶざまだと思つてゐたよ水面で口ぱくつかす金魚の群れを

女生徒はトロンボーンを振り上げる酸素もとめるダイバーのやうに

傷を無理に隠して過剰包装の小さな箱を教室と呼ぶ

ニスでてかる机をまるで下賜された領地のやうに撫でる手のひら

べたついた悪意とともにつむじから垂らされてゆくコカ・コーラゼロ

彫刻刀を差し込む音が耳穴にがさりと響く夕影のなか

体内の浮き袋ごと潰さむと腹なぐりあふ少年たちは

殴られる姿を映すものなんて許せないから割られた鏡

肝油ドロップみんなしゃぶって甘い甘い共同作業なのさ憎悪は

晩夏光　回し読みするROCKIN'ON JAPANとともに老いぼれてゆけ

本当はみんな水から分離する夢みてるんだ手の中のオイル

デラウェアを生物として否定する議論の聞こゆ職員室に

考へろなぜ教室に棺桶のかたちを真似たものが多いか

校庭に巻くつむじ風みんなあれが底なき渦とわかつてゐたのに

おまへらも苦しいんだろ認めろよ球根は根をだらしなく張る

浮かんでも虹になれない水のなか世界はすでに分かたれてゐる

整然と並ぶ机の隙間には無数の十字架（僕には見える）

腐遊

好きよりも嫌ひの方が言ひやすい短い舌を持つて生まれた

手から手へ教室内を渡りゆく手紙を遺書として消費する

ニット帽脱がないでまた怒られてそれでも黙る補聴器のこと

みんなくらげになる夢みてる教室の真上に白いスプリンクラー

うつくしく凪いだ水面を見に来ては手を差し込まず帰るよどうせ

浮かぶことやめた胎児の末裔として皆が持つ一対の鼓膜